MARIE.

Esquisse en Vers,

par A. Duprez.

LYON.

CHAMBET AÎNÉ, QUAI DES CÉLESTINS.

BARON, RUE CLERMONT.

Imprimerie de Louis Perrin, Rue d'Amboise, 6, à Lyon.

MARIE.

Vous n'avez pu prévenir le délit,
et voilà que vous l'aggravez en ne
laissant que le désespoir à ceux qui
voudraient se repentir.

BYRON, *Don Juan.*

LYON. — IMPRIMERIE DE LOUIS PERRIN.

MARIE.

Esquisse en Vers,

PAR

A. DUPREZ.

LYON.

CHAMBET AÎNÉ, QUAI DES CÉLESTINS.
BARON, RUE CLERMONT.
1838.

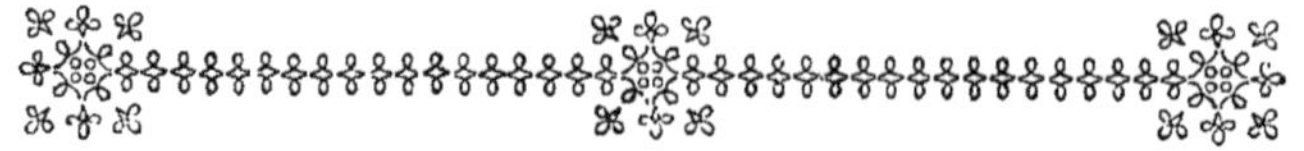

MARIE.

ESQUISSE EN VERS.

PREMIÈRE PARTIE.

Reine du monde, aimable déité
Dont la présence embellit notre vie,
Dont le sourire enfante le génie,
Tendre Vénus, j'implore ta bonté.

Conduis les pas de ma muse timide,

Protége-la, sois son unique guide;

Inspire-lui cette douce chaleur

Qui séduit l'ame et pénètre le cœur.

Prête à mes chants, dont je crains la faiblesse,

Tes doux accents, ta voix enchanteresse;

Viens, de ta main, diriger mes pinceaux,

Et, d'un regard, animer mes tableaux.

Aux temps heureux de la saison de Flore,

Où la Déesse étrangère aux frimats

Dans nos jardins paraît avec l'Aurore,

Où le Zéphir plus matinal encore

Auprès des fleurs accompagne ses pas,

Et de son sein caresse les appas;

Temps où l'on voit la naissante verdure

Se balancer au sommet des coteaux,

Et qu'au vallon le doux chant des oiseaux,

En cent concerts célèbre la nature;

Concerts charmants , invitant aux plaisirs ,
Que vos accords font naître de désirs !...

Dans un bosquet paré de fleurs nouvelles ,
Où mille oiseaux en agitant leurs ailes ,
Remplissaient l'air de sons harmonieux ;
Jeune , sensible , amoureuse comme eux ,
Marie assise aux bords d'une fontaine ,
Les écoutait, et respirait à peine ,
Craignant, par là , d'interrompre leurs jeux.
De leur plumage admirant les richesses ,
A leurs ébats souvent elle sourit ,
Sous le feuillage elle voit leurs caresses ,
Baisse les yeux , et soupire, et rougit.

Marie, à peine au printemps de son âge ,
Vierge naïve , élevée au village ,

Est sans apprêts et non pas sans amour.

Elle aime Alfred, qu'elle voit chaque jour,

Qui lui jura le plus tendre retour;

Qui suit ses pas et la cherche sans cesse ,

Et qu'elle aussi parfois cherche à son tour ,

Alors qu'il feint d'oublier sa promesse.

Comme elle Alfred paraît simple en ses mœurs,

Beau , caressant, adolescent comme elle ,

Il est aimant, sans doute il est fidèle....

Nul plus que lui n'a droit à ses faveurs.

Quelles faveurs !... oh ! les moins criminelles ;

Celles qu'on peut accorder sans rougir,

Qu'approuveraient même les plus cruelles :

Pour un amant, un sourire , un soupir ;

En son absence une ame impatiente ,

A son retour un touchant embarras ;
Quelquefois même à sa main caressante
On abandonne une taille charmante
Qu'elle enveloppe en soutenant vos pas.

Ou bien encore on accepte une rose
Qu'exprès pour vous il eut soin de cueillir,
Et, sur le sein, en tremblant on la pose...
Le sein pressé palpite de plaisir;
Il se soulève, et la gaze légère,
Qui le recouvre et cache sa blancheur,
Laisse toujours à l'œil observateur
Apercevoir qu'on reçoit sans colère,
Et non, pourtant, sans un bien vif émoi,
Les dons légers de l'enfant de Cythère...
L'amant heureux murmure : Elle est à moi.

Elle est à moi!... pressentiment coupable,
S'il ne se mêle à des projets d'hymen

Mais, chaste ou non l'espérance est aimable ;
Jamais sa voix ne nous appelle en vain.
Jeunes, surtout, les images brûlantes
Des voluptés qui réveillent nos sens
Rendent toujours nos efforts impuissants ,
A refouler nos ardeurs imprudentes.

Dans mon printemps j'ai rencontré parfois
Divinités vierges , douces , timides ,
Dont la vertu semblait des plus rigides,
Et cependant s'adoucit à ma voix.
O souvenirs de mes jeunes maîtresses ,
Et du bonheur qu'en leurs bras j'ai goûté
Venez encore au soir de mon été
Bercer mon cœur de vos douces caresses.
Vous seuls savez à mes sens amortis
Rendre parfois la chaleur du jeune âge ,
Accourez tous , votre riante image,
Saura peut-être animer mes récits.

Sexe brillant, charme heureux de la vie,
J'en fais serment, malgré la calomnie,
Dont le venin entoure vos attraits,
De vous aimer j'eus toujours la folie,
Mon cœur épris ne changera jamais.
Je pourrais bien trouver dans ma mémoire,
Cherchant un peu, quelques légers méfaits
Dont le récit ternirait votre histoire;
Mais j'aime mieux pardonner... je me tais.

Je reviens donc à ma jeune héroïne
Que j'ai laissée, écoutant les concerts
Dont les oiseaux font retentir les airs,
Aux pieds fleuris d'une verte colline;
Près d'un ruisseau qui coule doucement,
Dont l'onde claire est un miroir charmant

Qui réfléchit son aimable figure ;
Son cou d'albâtre et son sein ravissant,
Tous dons heureux que lui fit la nature.
En se mirant dans cette source pure,
Elle sourit au goût de son amant.

Puis, s'approchant quelque peu de la rive,
Le corps penché sur l'onde fugitive,
A sa coiffure elle joint quelques fleurs
Qui, de son teint, relèvent les couleurs.

Ce n'est point là de la coquetterie,
Mais, seulement, la généreuse envie
D'être plus belle aux yeux de son ami
Qui va venir sans qu'il soit averti.
Qu'aurait servi de lui faire connaître
L'heure, le lieu, le jour du rendez-vous ?

Il en serait trop caressé peut-être,
D'un fol espoir. N'est-il pas bien plus doux
De le trouver sans paraître l'attendre ?
Plus réservé, plus discret, aussi tendre,
L'amant alors soumis, respectueux
Moins sûr de vaincre est plus affectueux.

Alfred viendra, l'amour le lui présage ;
Il a connu l'empreinte de ses pas
Et l'a suivie, elle n'en doute pas.
Ils seront seuls, mais Alfred sera sage;
Il l'a promis pourrait-elle en douter?
Puis, s'il s'oublie, on saura l'arrêter.
N'a-t-elle pas acquis l'expérience
De l'ascendant qu'elle a sur son amour?
Pour un baiser qu'il lui ravit un jour,
Durant un mois, il eut pour pénitence
D'être privé de la voir en secret,
Et s'y soumet, tant il était discret.

Mais il faut dire, à l'honneur de Marie,
Qu'au second jour la peine fut finie.
Un jour d'attente est long pour des amants,
Un mois, c'était un siècle de tourments.

Jeunes beautés, quand vos ames timides
Ont de l'amour senti les traits de feux,
Quand le poison des baisers amoureux,
En pénétrant par vos lèvres humides,
A votre sang a mêlé son venin,
Aimer, brûler, c'est tout votre destin.

Que sont alors, les préjugés vulgaires
Dont la voix faible interdit les plaisirs ?
Que sont pour vous les regrets, les soupirs,
Les feux d'enfer, les célestes colères ?
Rien. Vos vertus, qui pourtant vous sont chères,
Veulent en vain réprimer vos désirs ;

L'amant plus fort est prompt à les combattre;
Son doux langage écarte les terreurs;
Entre ses bras, cherchant à vous débattre,
Vous reculez l'instant de vos faveurs ;
Il est pressant : votre cœur s'effarouch e ;
Un *non* s'échappe et meurt sur votre bouche,
La vertu cède, et les sens sont vainqueurs.

Ceci, pourtant, n'est pas que je prétende,
Que toute vierge, au timide maintien,
Soit blonde ou brune, à l'œil doux ou malin,
Serait déjà vierge de contrebande,
Si quelqu'aimable et galant jouvenceau,
Beau, séduisant, épris du fruit nouveau,
Sur ses appas avait jeté ses vues....
Le plus souvent elles seraient déçues.
Et cependant.... non. Je me tais.... J'ai tort.
Pour en finir, ô mères de familles,
Ne vous lassez de surveiller vos filles,
Le cœur est faible et l'amour est bien fort.

Il est des temps, des lieux où la nature,
Vient lui prêter un appui dangereux.
Je n'aime pas, quand un couple amoureux,
Assis au bord d'un ruisseau qui murmure,
Foulant des prés la naissante verdure,
Au mois de mai se cache à tous les yeux.

L'air embaumé de ce riant asile,
Est un écueil pour la vertu fragile,
Et les rayons d'un soleil de printemps,
Doux, il est vrai, mais toujours pénétrants,
Embrasant tout d'une chaleur nouvelle,
Donnent aux sens une ardeur criminelle,
Qu'éviteraient d'autres lieux, d'autres temps.

C'est un péril que prévoit la sagesse,
Quand l'âge mûr a refroidi le cœur,

Mais qui souvent échappe à la jeunesse,
Dont l'ignorance excuse le malheur.

Marie aimait et n'était pas craintive;
Dans l'avenir, sa tendresse naïve,
N'entrevoyait que des plaisirs nouveaux ;
Près d'un ami tous ses jours seront beaux ;
Toujours aimante, et toujours adorée,
Son existence à l'amour consacrée,
S'écoulera veuve de tous les maux.

Ils seront deux pour soutenir son père,
Dont la vieillesse aura besoin d'appui,
Et tous les deux fermeront sa paupière,
Quand l'Éternel l'appellera vers lui.
S'ils éprouvaient des peines passagères,
Leur union les rendrait plus légères;
Car les chagrins qui nous sont infligés
Sont moins amers quand ils sont partagés.

C'était ainsi que rêvait l'innocente ;
Rien n'effrayait son amour, imprudente,
Quand, tout-à-coup, apparaît à ses yeux,
L'objet aimé qu'appelaient tous ses vœux.
Il est près d'elle, une crainte soudaine
A remplacé ces songes enchanteurs,
Qu'elle parait des plus belles couleurs.
Son sang glacé ne circule qu'à peine ;
Seule avec lui, s'il devient empressé,
Qu'opposera son cœur faible et blessé ?

Sa voix, alors, veut prendre un ton sévère
Qui lui sied mal ; son beau front s'obscurcit,
Comme un nuage, et bientôt s'éclaircit :
Alfred, dit-elle, apprends que, pour me plaire,
Tu dois, plus sage, éviter avec soin,
L'occasion de me voir sans témoin.

Si je n'aimais, je serais moins timide,
Auprès de toi, le devoir qui me guide,
Perd l'ascendant qu'il avait sur mon cœur.
O mon ami, respecte mon bonheur !
Que ta vertu supérieure à la mienne,
Dans le danger, m'éclaire et me soutienne .

Elle se tait : son amant, à son tour,
Pour rassurer son ame timorée,
Peint son respect égal à son amour.
Sa tendre amie à ses yeux est sacrée ;
Il peut la voir à chaque heure du jour
Seule, sans guide ; il est sûr de lui-même.
Elle le croit... On croit celui qu'on aime.

Devers l'Olympe où brille son flambeau,
L'amour les voit, rit de leur confiance,
Revêt son arc, ses flèches, son bandeau ;

Prend son essor, vers la terre s'élance,

Et, sous l'abri de feuillages épais,

Se tient caché prêt à lancer ses traits.

Des deux amants contemplant la jeunesse,

Il s'applaudit d'un triomphe prochain;

Déjà Marie abandonne sa main

A son ami qui tendrement la presse,

En la couvrant de ses lèvres de feux.

Par leurs soupirs, leurs regards amoureux,

Imprudemment ils doublent leur ivresse,

Et la vertu n'a plus d'armes pour eux.

L'amante essaie une plainte légère,

Que, sur sa bouche, un baiser fait mourir;

Baiser reçu, cette fois, sans colère,

Baiser brûlant qu'elle rend sans rougir.

Sur son amie, Alfred penche sa tête,

Et dans son sein, dépose ses soupirs;
En s'exhalant de sa bouche muette,
Des sons confus expriment ses désirs;
Jamais! Jamais!.. C'est le cri de Marie;
Ce cri trop faible est bientôt expiré.
Et dans les bras d'un amant enivré,
Son ame aspire une nouvelle vie.

Le dieu caché qui les a fait heureux,
Reprend son vol et s'enfuit vers les cieux.

DEUXIÈME PARTIE.

Transports secrets, clandestines ivresses,
Combien sont courts vos moments fortunés!
A peine, hélas, à nos sens étonnés,
Prodiguez-vous vos brûlantes caresses,
Que les regrets condamnent nos faiblesses;
Vos traits sont doux, mais sont empoisonnés.

Vos souvenirs, comme un songe terrible,

A notre esprit offrent, tout à la fois,

Sur cette terre une existence horrible,

Que les remords assiégent mille fois;

Dans l'autre monde, un châtiment, peut-être,

Plus grand encore, et que, sans le connaître,

Nous redoutons feignant de le braver,

Et dont pourtant rien ne peut nous sauver.

Tel est le fruit de cet oubli coupable

Des saints devoirs qu'imposent à nos cœurs,

Non la nature, elle est trop charitable,

Mais bien nos lois... maudits soient leurs auteurs.

Sans eux, Marie innocente et tranquille,

Par le plaisir fatiguée à demi,

S'endormirait dans les bras d'un ami,

Pour s'éveiller plus tendre et plus docile.

Il n'en est rien. Son sein est oppressé;

Elle est en proie aux plus sombres alarmes;

Son sang remonte et son pouls est glacé,

Ses yeux d'azur s'éteignent dans les larmes;

Elle gémit, accuse son amant....

Puis se rassure entendant le serment

Qu'il fait de vivre et de mourir pour elle;

D'être toujours caressant et fidèle,

De resserrer par un hymen heureux

Les doux liens qu'ils ont tressés tous deux.

Ce mot d'hymen que répète Marie,

Pour un instant adoucit ses douleurs;

Mille baisers viennent sécher ses pleurs;

L'espoir renaît dans son ame ravie,

Et l'avenir lui déroule une vie

Semée encor des plus brillantes fleurs.

L'heure pourtant fuit d'une aile légère,

Phœbus s'avance, et son disque de feux

A parcouru déjà le quart des cieux,

Sans que l'amante, au souvenir d'un père,

Songe, elle-même, à quitter ces doux lieux.

Il faut qu'Alfred rappelle à sa pensée,

Du jour qui fuit, l'heure trop avancée,

Et les dangers d'un plus long entretien.

De se revoir ils auront le moyen ;

Mais, aujourd'hui, la maison paternelle

Réclame aussi ses devoirs assidus....

Que de baisers sont donnés et rendus !

Que de serments d'une amour éternelle

Sont prononcés ! que de pleurs répandus !

Ils sont partis, ils ne se verront plus.

Destin cruel d'une première flamme !

Pourquoi, sitôt, abandonnant son ame

Aux doux propos d'un jeune séducteur,

A-t-elle, ainsi, pu manquer à l'honneur?

Pourquoi? pourquoi?... faut-il donc vous le dire?

Marie aimait, l'amour est un délire,

La passion guidait seule ses pas ;

Puis à seize ans on ne réfléchit pas.

Qu'était Alfred? un oisif petit-maître,

Capricieux, surtout dans ses amours,

Souvent épris d'une beauté champêtre,

Qu'il préférait aux somptueux atours

De nos Laïs, séduisantes coquettes,

Belles aussi, mais faciles conquêtes

Que l'on recherche, et méprise toujours.

Pour se soustraire aux fracas de la ville,

Quand le printemps ramenait ses bienfaits,

Il recherchait le séjour plus tranquille

Des champs, des bois et des riants bosquets.

Il vit Marie, et l'aima, pour mieux dire,

Il désira posséder ses attraits ;

Mit tout en œuvre, obtint un plein succès ;

Et le jour même où son ame en délire

S'est enivrée entre ses jolis bras,

Jour où sa bouche a pressé ses appas,

Il s'est enfui. Soit qu'il ait craint la suite

Qu'offre toujours un amour illicite;

Soit qu'un devoir l'ait forcé de partir;

Il n'est plus là, ne doit plus revenir.

L'infortunée est bien loin de s'attendre

A l'avenir qu'elle s'est préparé.

Elle présente un esprit rassuré

Par les serments qu'un trompeur fit entendre.

Un doux espoir flatte sa vanité;

Elle sera la compagne chérie

D'un homme riche, aimant, plein de bonté,
Dont les vertus embelliront sa vie.

En y rêvant, elle a touché le seuil
De la demeure où l'attendait son père :
Elle s'arrête, elle craint son accueil,
Son abord froid, et son regard sévère.
On est tremblant quand on est criminel ;
Un mot léger, un geste habituel,
Tout effarouche une ame timorée,
Par les remords en secret déchirée,
Tout est pour elle un reproche cruel.

Il faut pourtant paraître avec courage.
Après avoir rajusté son corsage,
Et relevé les nœuds de ses cheveux,
Dont le désordre ombrageait son visage,
Elle entre, enfin et court d'un air joyeux,

Vive, empressée, au devant de son père
Qui veut gronder; un baiser le fait taire;
Deux jolis bras faibles, adolescents,
Pressent son cou de leurs nœuds caressants;
La vérité ne pouvant trouver place,
Un conte adroit aussitôt la remplace :

Elle est sortie à la pointe du jour
Pour visiter sa nourrice alitée ;
La pauvre Marthe était bien mal traitée
Il a fallu différer son retour,
Pour la soigner, adoucir sa misère;
Car sa nourrice est sa seconde mère
Elle a promis de la voir plus souvent.
Tous les matins , Marie en se levant,
Près de son lit ira passer une heure;
Un court trajet sépare sa demeure,
Rien au logis ne saurait en souffrir;
Quelques instants ravis dans la semaine,

A ses devoirs s'apercevront à peine ;
Puis, sans cela, Marthe pourrait mourir.

Quoi de plus juste et de plus charitable ?
A ce récit qu'il ne croit point menteur,
L'heureux vieillard est tout-à-fait traitable,
Il applaudit, et permet de bon cœur,
Une bonne œuvre à son aimable auteur.

D'un poids cruel sa fille est soulagée,
En doux projets sa crainte s'est changée :
Rien au vallon ne troublera l'ivresse
Qu'ils goûteront en secret tous les jours ;
Les oiseaux, seuls témoins de leur tendresse,
Par leurs concerts charmeront leurs amours.

Illusions qui flattez l'innocence
Fermez ses yeux, endormez sa prudence

En la couvrant d'un voile séducteur ;
C'est vous, hélas ! qui perdîtes Marie,
C'est vous encor, qui rassurez son cœur,
Seules enfin vous ferez son bonheur,
Qui sera court, aussi bien que sa vie....

Un jour s'écoule, Alfred n'a point paru ;
Dans le vallon personne ne l'a vu ;
Et cependant, il avait l'habitude,
Chaque matin, cherchant la solitude,
D'y promener ses rêves d'avenir,
Projets d'amour, ou plutôt de plaisir ;
Car le plaisir était sa seule étude.

Aimer, pour lui, c'était nourrir l'espoir,
En recherchant les faveurs d'une belle,
D'en triompher, puis de s'éloigner d'elle,
Heureux et fier, pour ne plus la revoir.

A la faveur d'un langage perfide,

Il séduisit une vierge timide,

Qui, douce, aimante, oubliant son devoir,

S'abandonna presque sans le vouloir.

Quels sont les fruits de ses tendres faiblesses ?

L'aspect honteux d'un lien criminel,

Le désespoir d'un abandon cruel

Si différent des plus saintes promesses,

Et des regrets, l'amertume et le fiel.

La pauvre enfant inquiète et troublée

Demande en vain au séjour enchanteur,

Où, tant de fois, elle vit le trompeur,

De rendre Alfred à son ame accablée ;

Nul ne répond à sa voix désolée.

Le temps s'enfuit et l'espoir avec lui.

Marie est seule elle n'a plus d'appui.

Dans cet état d'isolement funeste,

Une mort prompte est le seul qui lui reste.

Elle l'invoque et la mort ne vient pas.

Il faut souffrir et cacher sa souffrance :

Mais, ce front pur où brillait l'espérance,

Pâle aujourd'hui comme au jour du trépas

A chaque instant peut tromper sa prudence

Ses yeux mouillés, son regard incertain,

Et l'embarras qu'éprouve son maintien,

Eveilleront les soupçons de son père.

Que devenir quand sa bouche sévère

Demandera la source de ces pleurs

Qu'il voit couler, ignorant les malheurs,

Que, sur sa tête, une fille imprudente

Si jeune encor, qui semblait innocente,

A conjuré par ses folles ardeurs.

On connaîtra le chagrin qui l'accable;

Il est gravé sur sa tête coupable.

Tout la condamne; elle porte en son sein,

De sa faiblesse un gage trop certain.

Vaudrait-il mieux s'accuser elle-même?

Peut-être, alors, que son père qui l'aime,

En la plaignant daignera pardonner....

Un aveu franc, lui semble un parti sage

Et ce parti rappelle son courage

Qui paraissait près de l'abandonner.

Un jour enfin, la pâleur sur la bouche,

Les yeux baissés, suppliants, abattus,

Le sein gonflé de sanglots retenus,

Dès le matin, elle aborde la couche

Où reposait doucement le vieillard,

Veut lui parler : tremblante à son regard,

Sa langue expire, et ses genoux fléchissent;
Des pleurs amers sont les seuls qui trahissent
L'affreux secret qui pèse sur son cœur;
Puis quelques mots de honte, de trompeur,
Le nom d'Alfred que sa bouche murmure
Et le trépas qu'en vain elle conjure,
Tout à son père apprend son déshonneur.

Il l'a comprise, il a sondé l'abîme
Du désespoir dont elle est la victime.
Son front ridé comme un trait s'obscurcit,
Son œil farouche est ardent de colère,
Prompt, irascible, oubliant qu'il est père,
Sur son enfant sa main s'appesantit.

Il l'a frappée, elle souffre en silence,
Ne gémit pas, demeure à ses genoux,
Ne cherche point à calmer son courroux;

A sa fureur se livrant sans défense,
Elle voudrait expirer sous ses coups.

Mais il s'arrête, et sa rage imprudente
Devient plus froide, et non moins menaçante,
Un calme feint succède à ses transports :
Sors, lui dit-il, porte au loin tes remords ;
Je te maudis... Vas fille criminelle,
Ne souille plus la maison paternelle ;
Fuis cet asile, emporte loin de moi,
L'opprobre affreux que tu versas sur toi.
Cours vers celui qui partagea ton crime ;
Retrouve-le, montre-lui sa victime :
Seul, désormais, il peut te recueillir,
Quant à ton père, il n'a plus qu'à mourir.
Jusqu'au tombeau, sensible à ton offense,
Il mourra seul privé de ta présence,
Dont sa vieillesse aurait trop à rougir.

Il a parlé; sa fille anéantie,

Paraît encore attentive à sa voix;

Mille pensers l'oppressent à la fois;

Ses yeux éteints semblent privés de vie;

Mais son enfant, qui s'agite en son sein,

Vient ranimer sa force défaillante;

Elle se lève, et s'éloigne tremblante,

S'abandonnant aux chances du destin.

Que devenir?... maudite par son père,

Seule, coupable, en butte à la misère,

Dont la rigueur, jointe à tant d'autres maux,

Augmentera, chaque jour, sa détresse,

Sans un asile, où sa tendre jeunesse

Puisse goûter un moment de repos;

Sans un ami dont la douce parole,

En la plaignant, quelquefois la console;

Car l'amitié, partageant sa douleur,

Adoucirait les peines de son cœur.

Faible, abattue, elle erre à l'aventure,
Sans but, sans guide, ignorant l'avenir,
Manquant de tout, même de nourriture;
Lasse de vivre, et n'osant pas mourir.

Qu'ils sont amers ces jours de l'existence,
Où les tourments de l'enfer en courroux,
Par notre faute, appesantis sur nous,
En nous frappant ont chassé l'espérance;
Où . les remords et la honte à la fois,
Quand il faudrait implorer l'assistance
De nos amis, arrêtent notre voix.
La solitude augmente nos misères;
Mais, criminels, nous restons solitaires;
Et n'osant pas mendier de secours,
Dans l'abandon nous consumons nos jours.

Telle est Marie à la fleur de son âge,
Tels sont les coups qui brisent son courage;
Contre eux, en vain, elle veut se roidir,
Il n'est plus temps, ses forces la trahissent,
Son sang se glace, et ses membres faiblissent,
Présage affreux de son dernier soupir.

Sur le sol froid tristement étendue,
N'appelant plus l'espérance perdue,
Ne pleurant pas, résignée à son sort,
Avec ferveur elle invoque la mort :

La mort l'entend et sa faux l'environne.
Le jour s'éteint, le soleil abandonne
Ces prés fleuris où l'amour a passé,
Où les regrets l'ont sitôt remplacé.

La nuit descend et déjà les couronne,
En les couvrant de son voile glacé.

Elle a trouvé la victime engourdie
Par les remords qui déchirent son sein ,
Par l'abandon , par le froid , et, demain,
Le jour naissant la trouvera sans vie.

Si désormais, le vieillard repentant
Veut pardonner à sa fille exilée ,
Qu'il se dirige au fond de la vallée ,
Sous le feuillage, un cadavre l'attend.

FIN.